ELOGIO AO TEATRO

Alain Badiou e Nicolas Truong

ELOGIO AO TEATRO

Tradução
Marcelo Mori

martins fontes
selo martins

© 2016 Martins Editora Livraria Ltda., São Paulo, para a presente edição.
© Flammarion, 2013.
Esta obra foi originalmente publicada em francês sob o título
Éloge du théâtre por Flammarion.

Publisher *Evandro Mendonça Martins Fontes*
Coordenação editorial *Vanessa Faleck*
Produção editorial *Susana Leal*
Preparação *Luciana Lima*
Revisão *Regina Schöpke*
Julio de Mattos
Renata Sangeon

Dados Internacionais de Catalogação na Publicação (CIP)
(Câmara Brasileira do Livro, SP, Brasil)

Badiou, Alain
 Elogio ao teatro / Alain Badiou e Nicolas Truong ; tradução Marcelo Mori. – São Paulo : Martins Fontes - selo Martins, 2015.

 Título original: Éloge du théâtre
 ISBN 978-85-8063-250-7

 1. Badiou, Alain - Entrevistas 2. Teatro - Filosofia I. Truong, Nicolas. II. Título.

15-08493 CDD-792.01

Índices para catálogo sistemático:
1. Teatro : Filosofia 792.01

Todos os direitos desta edição reservados à
Martins Editora Livraria Ltda.
Av. Dr. Arnaldo, 2076
01255-000 São Paulo SP Brasil
Tel.: (11) 3116 0000
info@emartinsfontes.com.br
www.emartinsfontes.com.br

Esta obra nasceu de um diálogo público entre Alain Badiou e Nicolas Truong, que aconteceu no dia 15 de julho de 2012, no contexto do "Théâtre des idées", ciclo de encontros intelectuais e filosóficos do Festival de Avignon.

Índice

I. Defesa de uma arte ameaçada   9

II. Teatro e filosofia, história de um velho casal   29

III. Entre a dança e o cinema   47

IV. Cenas políticas   69

V. O lugar do espectador   77

I.
Defesa de uma arte ameaçada

De onde vem esse seu amor pelo palco, pela interpretação e pela representação?

Eu me deparei com o primeiro espetáculo teatral que realmente me tocou em Toulouse, quando tinha quatorze anos. A Compagnie du Grenier, fundada por Maurice Sarrazin[1], apresentava *As artimanhas de Scapino*. No papel-título, Daniel Sorano[2]. Um Scapino musculoso, ágil, com uma segurança extraordinária. Um Scapino triunfante, cuja velocidade, voz sonora e mímicas espetaculares davam vontade de conhecê--lo, de pedir-lhe para fazer algo espantoso. E foi o que fiz quando, em julho de 1952, interpretei o papel de Scapino no Lycée Bellevue! Lembro-me de que no terrível momento em que eu deveria entrar em cena e lançar a primeira réplica, tinha claramente em minha memória a energia e o brilho de Sorano, que eu tentava modelar em minha carcaça comprida. Durante

---
1. Ator e diretor de teatro francês, nasceu em 18 de março de 1925. (N. T.)
2. Ator francês (14 de novembro de 1920 – 17 de maio de 1962). (N. T.)

uma reprise, algum tempo depois, do mesmo espetáculo, o crítico da *La Dépêche du Midi* lançou-me um elogio venenoso declarando que eu me lembrava "com inteligência" de Daniel Sorano. Era o mínimo que se podia dizer... Mas, a partir de então, com inteligência ou não, eu tinha me injetado o vírus do teatro.

Outra etapa da "doença" foi a descoberta de Vilar, do TNP[3], no Théâtre de Chaillot, quando o provinciano que eu era "foi para a capital" para continuar seus estudos. Eu acho que o que me espantou, então, foi a simplicidade da construção do espaço, sua redução a um conjunto de signos e, ao mesmo tempo, a densidade bem particular da interpretação do próprio Vilar. Ele estava como que distante da representação que fazia; ele esboçava mais do que realizava. Eu entendi, graças a ele, que o teatro é mais uma arte das possibilidades do que uma arte das realizações. Eu me lembro, particularmente, no *Don Juan* de Molière, de uma cena muda que ele havia incluído. Depois de seu primeiro encontro com a estátua do Comendador, o libertino ateu e provocador que é Don Juan está evidentemente preocupado, apesar de não querer confessar de nenhuma maneira: o que é esta estátua que fala? Então Vilar voltava sozinho ao palco, lentamente, e, em silêncio, olhava para a estátua que havia voltado à sua imobilidade natural. Naquela hora havia um momento tocante, apesar de ele estar em total

---
3. Jean Vilar, ator e diretor de teatro francês (25 de março de 1912 – 28 de maio de 1971), foi o criador do Festival de Teatro de Avignon em 1947, diretor do Festival de Avignon de 1947 a 1971 e diretor do Théâtre National Populaire (TNP) de 1951 a 1963. (N. T.)

abstração: a personagem indicava sua incerteza, seu exame tenso das diversas hipóteses que se podia fazer em relação a uma situação anormal. Realmente, essa arte das hipóteses, das possibilidades, esse tremor do pensamento diante do inexplicável, era o teatro em seu mais alto destino.

Eu me lancei então – e continuo! – em imensas leituras e percorri uma parte considerável do repertório mundial. Eu ampliei o efeito produzido pelas produções do TNP lendo as obras completas dos autores escolhidos por esse teatro. Depois de *Don Juan*, eu reli toda a obra de Molière; depois de *A paz*, li toda a obra de Aristófanes; depois de *A cidade*, toda a obra de Claudel; depois de *Platonov*, todo o teatro russo disponível; depois de *Red Roses for Me* [Rosas vermelhas para mim], toda a obra de Sean O'Casey; depois de *O triunfo do amor*, toda a obra de Marivaux; depois de *A resistível ascensão de Arturo Ui*, toda a obra de Brecht; e, em seguida, toda a obra de Shakespeare, Pirandello, Ibsen, Strindberg e todos os outros, particularmente Corneille – por quem eu tenho uma estima especial, auxiliada pelas belas produções recentes desse autor por Brigitte Jaques[4] e seu cúmplice no que diz respeito ao teatro: o grande teórico e, ocasionalmente, ator, François Regnault[5].

Quando, mais tarde, escrevi algumas peças, não foi um acaso elas terem sido quase sempre inspiradas em

---
4. Diretora, atriz e escritora suíça, nasceu em 1946. (N. T.)

5. Filósofo francês, nasceu em 1938. (N. T.)

modelos mais antigos: *Ahmed le subtil* [Ahmed, o sutil], em *As artimanhas de Scapino*; *Les citrouilles* [As abóboras] em *As rãs*, *L'écharpe rouge* [O cachecol vermelho] em *Le soulier de satin* [O sapato de cetim]... Se as representações continuam sendo os verdadeiros pontos de intensidade do teatro, o repertório escrito é a sua massa impressionante, a proeminência histórica. A representação nos embarca em uma travessia emotiva e pensante da qual as obras de todos os tempos e de todos os lugares são como o horizonte marítimo.

Quando, com Antoine Vitez[6], e depois com Christian Schiaretti[7], eu participei diretamente desse gênero de travessia, e dessa vez do lado da tripulação do navio, senti quase fisicamente essa aliança paradoxal, essa facunda dialética entre um horizonte de uma grandeza infinita, o das obras geniais do teatro de todos os tempos e de todos os lugares, e a força luminosa e frágil do movimento muito breve de um espetáculo, algumas horas no máximo, que nos dá a ilusão de nos aproximarmos dessa grandeza a ponto de participar de sua gênese.

Pulemos sessenta anos. Eu estou assistindo à produção da peça de Pirandello, *Não se sabe como*, feita pela companhia La Llevantina, dirigida por Marie-José Malis[8]. Essa peça sempre me fascinou por sua abstração violenta. O cruzamento

---

6. Ator e diretor francês (20 de dezembro de 1930 – 30 de abril de 1990). (N. T.)

7. Diretor francês, nasceu em 1955. (N. T.)

8. Diretora francesa, nasceu em 1966. (N. T.)

épico que ela organiza entre a trivialidade das existências (dos adultérios, como é tão frequente no teatro...) e a longa, a sutil, a interminável obstinação do pensamento, faz que espécies de confissões à Rousseau se sucedam no palco, em uma língua prodigiosa. Entretanto, a direção de Marie-José Malis foi, para mim, um desses acontecimentos teatrais nos quais se compreende, subitamente, algo sobre o que as pessoas se enganavam há muito tempo. Nesse caso, a verdadeira destinação das peças de Pirandello. Não se trata de afrouxar o laço entre os corpos e o texto, não se trata de instalar a cena em sua divisão entre a ilusão e o real, ou até mesmo, para falar como o próprio Pirandello, entre a Forma e a Vida. Trata-se de fazer, a cada espectador, uma confidência íntima portadora de uma injunção severa. O tom murmurado frequentemente adotado pelos atores da trupe – todos admiráveis –, seu jeito de olhar nos olhos de uma ou outra parte do público têm apenas o objetivo de nos fazer escutar a voz multiforme de Pirandello: "O que vocês são, o que fazem, eu sei, vocês podem ver e ouvir isso nesse palco; portanto, vocês não têm mais desculpas para se recusarem a refletir sobre isso por conta própria. Vocês não podem escapar, a partir desse momento, ao imperativo mais importante de todos: orientar-se na existência, orientando-se primeiramente, como os atores tentam fazer diante de vocês, no pensamento".

Realmente, o teatro serve para nos orientar, e é por isso que, quando se compreende como usá-lo, não se pode mais ficar sem essa bússola.

O senhor hesitou durante muito tempo entre a filosofia e o teatro. Por que não ter escolhido o teatro, já que gosta de escrever para o teatro e, igualmente, subir ao palco para interpretar seus próprios textos?

Foi, sem dúvida, por culpa da matemática! O teatro contentava a parte de mim na qual o pensamento toma a forma de uma emoção, de um momento forte, de uma espécie de engajamento naquilo que é dado imediatamente para ser visto e ouvido. Mas eu tinha – e continuo tendo – uma exigência de ordem totalmente diferente: que o pensamento tome a forma da argumentação irresistível, da submissão a um poder lógico e conceitual que não cede nada quanto à universalidade do propósito. Platão também teve o mesmo problema: ele também estava convencido de que a matemática propunha um modelo inigualável do pensamento plenamente realizado. Mas ele também, como grande rival do teatro que era, queria que o pensamento estivesse na intensidade de um momento, que fosse um percurso aleatório e, no entanto, vitorioso. Ele resolveu seu problema escrevendo diálogos filosóficos, falando de matemática, como em Mênon, com um escravo encontrado por acaso. Entretanto, eu não tenho em mim mesmo a capacidade para tais diálogos e, diga-se de passagem, ninguém a teve desde Platão. Então, aceitei permanecer dividido entre a forma clássica da filosofia, ou seja, de vastos tratados sistemáticos, e algumas incursões, espécies de investidas felizes, no que diz respeito ao teatro.

Por que o elogio ao teatro na hora em que ele parece ser celebrado em toda parte? Porque se o teatro, particularmente, foi destronado de sua centralidade pelo cinema, seu público não diminuiu. Arte da presença, o teatro é, além do mais, amplamente aclamado porque ele resistiria, intrinsecamente, ao domínio do visual e do virtual. Por que defender uma arte que tem tão boa aceitação?

Devemos desconfiar disso, porque o teatro sempre foi violentamente atacado: durante milênios, o teatro foi suspeito, sofreu proibições da parte da Igreja, foi atacado por filósofos conhecidos, como Nietzsche ou Platão, foi considerado propenso a atividades subversivas ou críticas por diversas autoridades. Ele foi associado à maior parte dos grandes acontecimentos revolucionários que frequentemente criaram um teatro no próprio movimento de sua existência. Ele está estabelecido, mas de uma maneira que convém proteger e amplificar. Nós podemos ter aqui, no Festival de Avignon, uma ilusão espetacular no que diz respeito ao teatro, mas me parece que ele pode ganhar um público bem mais numeroso do que o atual.

Por que o senhor diz que o teatro é, tal como o amor, atacado tanto pela direita quanto pela esquerda?

Do lado que se poderia chamar de direita, o teatro é comumente imaginado da mesma maneira que se concebe amplamente, hoje em dia, a pintura ou a música, ou seja, considerando-o um museu das artes antigas, ou uma parte da sociedade do espetáculo, ou, sobretudo, da sociedade do divertimento, para falar – sejamos antigos, nós também – a língua de Pascal preferivelmente à de Debord[9]. Um teatro estabelecido, é verdade, mas em uma rotina conservadora e/ou consumista, em alguma parte entre a visita a uma exposição de pintores expressionistas alemães e o show no qual um famoso cançonetista faz paródias do pobre Hollande[10]. Um "teatro" que tentaria concorrer, em seu próprio terreno, com as imagens modernas: o cinema, a televisão, a tela multiforme dos telefones e dos *tablets*. Essa tendência da direita, para a qual, se o teatro não é uma visita respeitosa a um tesouro cultural, ele deve lutar por um lugar na indústria do divertimento, é frequentemente defendida por certo número de políticos que consideram que a função do teatro é a de oferecer ao público "popular" o que ele pede. Gostariam hoje, muitas vezes, que um teatro fosse, certamente, um lugar em que o "grande repertório" fosse retomado de modo ao mesmo tempo convencional e modernizado, agradável, válido para o "público jovem", mas também, ao mesmo tempo, um lugar onde se pudessem ver alguns sucedâneos do music-hall moderno. Não esqueçamos que os verdadeiros sucessos populares, o teatro de massa, é hoje, antes de tudo, o equiva-

---

9. Guy Debord, escritor, ensaísta, cineasta e poeta francês (28 de dezembro de 1931 – 30 de novembro de 1994). (N. T.)

10. François Hollande, político francês, 24° presidente da França, nasceu em 12 de agosto de 1954. (N. T.)

lente da opereta de quando eu era jovem, ou seja, as comédias musicais baseadas no modelo norte-americano. Obter um equilíbrio satisfatório entre clássicos revisitados, aos quais o público escolar assistiria, e divertimentos espetaculares para o "grande público", eis o que pode constituir uma dosagem agradável para as autoridades locais. *O Cid* com um figurino contemporâneo para os alunos do colegial, *Cleópatra* em versão rock desnudada para os adultos: isso torna rentável um pesado orçamento cultural.

O senhor não estaria criticando unilateralmente o divertimento? É verdade que sua origem latina – divertere –, que significa a ação de se desviar de algo, incitaria a se inclinar para o lado de Pascal, que construiu uma moral baseada na etimologia: os homens evitam as grandes questões existenciais através do jogo, do amor e da guerra. Mas não seria necessário se divertir? Deveríamos condenar, como moralistas, o riso, a distração, o divertimento? Não seria uma ética estética que Mozart faz Don Giovanni cantar: "Io mi voglio divertir"[11]*?*

Vamos nos entender sobre a palavra "divertimento". Ela não designa de maneira alguma o riso, a alegria, a farsa! Eu mesmo sou um autor sobretudo cômico e concordo com Hegel quando este designa a comédia como a forma superior do teatro. Por "divertimento" deve-se entender,

---

11. «Eu quero me divertir». (N. E.)

nesse caso, aquilo que utiliza os meios aparentes do teatro (a representação, o cenário, os atores, as "réplicas que acertam na mosca"...) para confortar as opiniões dos espectadores – que são, evidentemente, as opiniões dominantes. Na verdade, é preciso lembrar o tempo todo de que a característica de uma opinião dominante é dominar, realmente, o espírito de todo mundo. Há um riso que é o desta cumplicidade íntima com a ordem existente, uma espécie de prova pelo riso com a qual podemos nos "contentar" com o que existe; e, finalmente, não ter como recurso senão os clichês da opinião dominante não é tão grave. Depois, há um riso de uma ordem totalmente diferente, um riso que revela, profundamente, a inépcia daquilo que nos ensinam a respeitar, que desvela a verdade oculta, ao mesmo tempo ridícula e sórdida, que se encontra por trás dos "valores" que nos são apresentados como os mais incontestáveis. A verdadeira comédia não nos diverte; ela nos coloca na inquietante alegria de ter de rir da obscenidade do real. Eu me lembro, a respeito disso, das reações a uma das cenas de meu *Ahmed philosophe* [Ahmed filósofo]. Cada uma das 32 cenas desse *Ahmed* é, por si mesma, uma pequena peça consagrada a um conceito importante da filosofia. Nesse caso se tratava da moral. Era um diálogo entre Ahmed e Ruibarbo, um defensor característico da opinião dominante dos anos 1980 e 1990: direitos humanos, ecologia, antitotalitarismo, amor ao próximo, democracia, boa consciência ocidental, expedições "humanitárias"... Toda essa mixórdia quase desvaneceu desde então, mas foi extremamente vivaz e atuante naquela época. Minha cena era carnavalesca e os espectadores gargalhavam. Isso não impediu que na saída, ou nos dias seguintes, eu tivesse de aguentar fortes críticas sobre o tema: "Ao se zombar excessivamente de tudo, acaba-se fazendo o jogo das forças obscuras"... Eu era vencedor: os defensores da obscenidade dominante riam à força, um riso amarelo. Depois, eles se arrependiam disso. O cômico teatral tinha, por um momento, sobrepujado o divertimento.

O senhor não estaria desconsiderando com demasiada rapidez os espetáculos "populares" como o **stand-up***, a comédia musical ou o teatro de bulevar? Porque não existem apenas as comédias musicais pesadas e grosseiras, mas também há Fred Astaire. Não há apenas a comédia de caserna, mas também há Yves Robert*[12]*... E o que é que o senhor faz com todos esses* **one-man-show***, com todos esses humoristas e artistas do* **stand-up***, de Devos*[13] *a Bedos*[14]*, que não param de atrair multidões ao teatro? Não haveria na maestria cênica deles muito mais poder crítico do que em várias encenações insossas de grandes clássicos?*

Não vejo nenhuma razão em chamar "popular" o que atrai multidões. Esse critério é ainda mais fraco no que diz respeito à arte do que no que diz respeito ao destino

---

12. Ator, roteirista, diretor e produtor francês (19 de junho de 1920 – 10 de maio de 2002). (N. T.)
13. Raymond Devos, humorista francês (9 de novembro de 1922 – 15 de junho de 2006). (N. T.)
14. Guy Bedos, humorista francês, nasceu em 15 de junho de 1934. (N. T.)

da orientação coletiva em que a pretensão à legitimidade propriamente política do número de eleitores, da multidão "majoritária" é absolutamente infundada, como vemos todos os dias. Logicamente, devemos fazer de tudo para que o maior público possível e, em particular, o público originário das "classes baixas", para dizer como no século XIX, corra para as festas do grande e verdadeiro teatro. Essa era realmente a ideia – sob influência comunista, apenas para lembrar – dos atores do teatro popular e da descentralização, encabeçada por Vilar, logo depois da Segunda Guerra Mundial. Isso não supõe, absolutamente, que se copie e admire os espetáculos de divertimento – no sentido em que eu acabei de dizer –, mas que se desenvolva uma figura militante do teatro: partindo da ideia de que a ação teatral é destinada a todos (assim como deve ser a política de emancipação), temos, simplesmente, o dever de reunir a massa de pessoas ao teatro real, aquele que continua a esclarecer nossa existência e nossa situação histórica além, ou fora, da opinião dominante. Fora isso, na sua opinião, a partir de qual critério se distingue as "boas" comédias musicais, aquelas estreladas por Fred Astaire, por exemplo, das que são apenas divertimentos medíocres? E como você separaria Devos – que é uma espécie de escritor surrealista, um mestre da linguagem, que eu admiro infinitamente – de tantos outros sinistros humoristas contemporâneos? Porque o burlesco de *Carlitos nas trincheiras*[15], ou as espetaculares

---

15. *Shoulder arms*, filme estrelado e dirigido por Charles Chaplin em 1918. (N. E.)

comédias de Courteline[16], seriam de outra natureza que as exibições dos flatulistas e dos cômicos de caserna? Por que os jovens ainda cantam Brassens[17] ou Brel[18] em meio ao cemitério de tantos cantores melosos ou falsamente "rebeldes"? Todos os termos dessas comparações mereciam, na época deles, a qualificação de "popular", no sentido de que se tratava de pessoas muito conhecidas, que eram um sucesso de vendas. Daí, você pode ver bem que esse critério não pode dar sentido à diferenciação fundamental que você mesmo propõe. Você deve, inevitavelmente, voltar à distinção – sim, a distinção que eu defendo contra a conotação negativa que a sociologia de Bourdieu[19] estampou nele – entre o domínio da arte, invenção de novas formas adequadas a um distanciamento com aquilo que domina, e o domínio do divertimento, que é uma peça constituinte da propaganda dominante. O teatro exige muito particularmente que essa distinção seja ativada. Porque ele é, como proclama Mallarmé, uma "arte superior".

---

16. Georges Courteline (pseudônimo de Georges Moineau), romancista e dramaturgo francês (25 de junho de 1858 – 25 de junho de 1929). (N. T.)

17. Georges Brassens, poeta, autor, compositor e intérprete francês (22 de outubro de 1921 – 29 de outubro de 1981). (N. T.)

18. Jacques Brel, autor, compositor, cantor, poeta, ator e diretor belga (8 de abril de 1929 – 9 de outubro de 1978). (N. T.)

19. Pierre Bourdieu, sociólogo francês (1° de agosto de 1930 – 23 de janeiro de 2002). (N. T.)

Por que o teatro estaria ameaçado pela esquerda?

Do lado esquerdo, ou esquerdista, a tese contemporânea é, sobretudo, a de considerar que o teatro já teve seu tempo, que é preciso ultrapassá-lo do interior dele mesmo e desconstruí--lo, criticar qualquer forma de representação, tender a uma certa confusão voluntária entre todas as artes do visível e do som, organizar uma indistinção entre o teatro e a presença direta da vida, fazer do teatro uma espécie de cerimônia violenta consagrada à existência dos corpos. Daí uma certa desconfiança em relação ao texto, considerado abstrato demais, convencional demais. Isso pode chegar, em certas formas do teatro de rua, até a uma simples defasagem, quase imperceptível, entre o que faz o ator (andar na rua, perguntar seu caminho, olhar para cima etc.) e o que faz qualquer pessoa. Essa defasagem vai "mostrar" a vida ordinária representando-a o mais perto dela mesma e em seu próprio lugar. É a ideia de um teatro sem teatro, de uma presença da representação no limite do que não é representado ou que é apenas a representação social ordinária. A ideia é a de que o teatro deve abolir a representação e se tornar uma amostragem. Mas, sobretudo, não uma demonstração. A crítica nunca deve se tornar, no espírito esquerdista, uma didática.

Em certo sentido, trata-se de submeter o teatro à mesma disciplina crítica que a das artes plásticas desde o começo do século XX. Sabemos que Duchamp[20], antes da guerra de 1914, já enunciava os princípios de um fim ativo da arte de pintar e propunha que a simples exibição voluntária de um objeto qualquer fosse considerada um gesto artístico. Da mesma maneira, reivindicamos hoje – mas esse "hoje" data de muito tempo, essas ideias já aparecem em Artaud[21], ou ainda nas tentativas do Living Theater, bem como, sob formas renovadas, na escola flamenga, com Jan Fabre[22], ou inclusive de maneira mais pictural, com o trabalho de Romeo Castellucci[23] – o direito de o teatro parar de ser um espetáculo, uma representação, para um público separado. O teatro pode e deve, nessa visão das coisas, se tornar um gesto coletivo, misturando os corpos, as imagens de vídeo, as músicas violentas, as interpelações provocadoras...

---

20. Marcel Duchamp, pintor, artista plástico e homem de letras francês (28 de julho de 1887 – 2 de outubro de 1968). (N. T.)

21. Antonin Artaud (pseudônimo de Antoine Marie Joseph Paul Artaud), teórico do teatro, ator, escritor, ensaísta, desenhista e poeta francês (4 de setembro de 1896 – 4 de março de 1948). (N. T.)

22. Desenhista, escultor, coreógrafo e diretor belga, nasceu em 14 de dezembro de 1958. (N. T.)

23. Diretor, artista plástico e cenógrafo italiano, nasceu em 1960. (N. T.)

Mas o senhor não estaria reduzindo essa arte pós-dramática, que o senhor qualifica de "esquerdista", à exibição violenta dos corpos nus, chamariz realmente bastante gasto de uma certa vanguarda? Ela não estaria na origem de imensas obras que vão do teatro patafísico de Alfred Jarry[24] ao teatro-dança de Pina Bausch[25]? Não é possível ultrapassar o conservadorismo estético sem pesquisa e experimentação formal...

Lógico! Não vou, certamente, dizer que todas essas tentativas foram em vão ou nocivas. Não vou me juntar à tropa daqueles que deploram a "não arte" do século XX ou que ficam consternados com alguns espetáculos de Avignon. A experimentação é absolutamente necessária na arte, assim como, diga-se de passagem, na política. É bem por isso que eu coloco no mesmo saco todos aqueles que choram pela arte defunta e acusam as experimentações contemporâneas e aqueles que, em vista daquilo que foram as políticas revolucionárias, se juntam à reação. Mas não podemos continuar a comparação: assim como é preciso tirar lições dos estragos cometidos por um esquerdismo unilateral e violento na política, é preciso reconhecer que a experimentação puramente crítica, a ideia de uma abolição imediata de todas as formas da representação teatral, a promoção exclusiva do teatro sem teatro, tudo isso não pode constituir por si só uma

---

24. Poeta, romancista, escritor e dramaturgo francês (8 de setembro de 1873 – 1º de novembro de 1907). (N. T.)

25. Pina Bausch (pseudônimo de Philippina Bausch), bailarina e coreógrafa alemã (27 de julho de 1940 – 30 de junho de 2009). (N. T.)

orientação sólida para o futuro do teatro e para a ampliação do seu laço com as populações das quais ele permanece afastado. Tomadas isoladamente como doutrina geral do "teatro" hoje, as tendências críticas e negativas ameaçam o teatro, porque sua radicalidade, quando se estabelece como uma orientação dominante, é necessariamente destrutiva. Você bem sabe que eu não sou realmente contra, por princípio, à violência ou à destruição. Mas essa constante negação do teatro do interior de si mesmo, obtida, de maneira finalmente monótona, graças a uma espécie de apetite desmedido pelo real, pela presença pura, pelo corpo nu esquartejado e supliciado exibido no palco na violência de sua presença, tudo isso combinado com luzes espetaculares, imagens-choque e uma sonoplastia peremptória, não pode e não deve constituir a totalidade do teatro. É um problema que nós conhecemos bem na política: a negação, doutrinalmente reduzida a si mesma, nunca é portadora por si mesma da afirmação. A destruição destrói o velho mundo, o que é necessário, mas os meios que são seus fracassam quando se trata de construir. Nós poderíamos acreditar que, no século XX, no entusiasmo das primeiras revoluções vitoriosas, a destruição do velho mundo se prolongaria por si mesma com a chegada do homem novo, mas hoje nós sabemos, ao preço de terríveis experiências, que isso não é verdade. Não é na história das políticas, e também não é na história das artes e, principalmente, na do teatro. É por isso que o motivo das "vanguardas" não é mais atual.

O senhor viu e gostou de Parsifal, *a ópera de Wagner encenada no Théâtre de la Monnaie, em Bruxelas, pelo diretor italiano Romeo Castellucci, eminente representante desse teatro pós-dramático – na qual a personagem central era, às vezes, uma floresta mirífica e, às vezes, um povo andando sem parar em cima de uma esteira rolante: será que esse teatro não permitiria se orientar na confusão dos tempos?*

Minha posição sobre as invenções da arte nunca é negativa, por princípio. Eu sei e aceito que as orientações de teatro, que visam nos guiar no caos mercantil contemporâneo, oscilem entre várias possibilidades. Existirão tendências ao coreográfico e/ou ao espetacular, à fascinação do visível ou à pura energia dos corpos. Não tenho doutrina a esse respeito e acho que existem algumas experimentações muito interessantes nesse espaço. Tomemos um outro exemplo diferente desse que você citou: consideremos a direção do artista flamengo Jan Fabre do *Tannhäuser* de Wagner, igualmente no Théâtre de la Monnaie em Bruxelas. O primeiro quadro da ópera se situa no palácio do erótico eterno: o esquema dramático é, na verdade, a oposição entre Vênus, que encarna o erotismo sagrado, e Elisabeth, que representa, no mundo da cavalaria, a santidade do amor verdadeiro, platônico e desinteressado, e cuja referência é a figura da Virgem Maria. A personagem de Tannhäuser oscila entre uma e outra e vai tentar ser absolvida de seus pecados com Vênus pelo papa. Na realização de Jan Fabre, o palácio de Vênus era representado por mulheres nuas grávidas com ecografias de fetos projetadas em vídeo no fundo do palco. Eu já tinha sido avisado antes, a encenação já me tinha sido descrita antes de eu ver o espetáculo. Então, eu cheguei um pouco inquieto, até mesmo convencido de que se tratava de uma provocação estéril do tipo esquerdista. Mas devo confessar que era esplêndido. Pela primeira vez, o que Wagner tinha na cabeça era representado: a sedução, não de um bordel pornográfico, mas da sexualidade como emblema do poder criador. Aquelas imagens de fetos e aquelas mulheres nuas que mostravam sem problemas seus ventres férteis celebravam a perpetuação inocente da vida. Foi magnífico. Eu tive de confessar que tinha sido vencido: é preciso saber se curvar diante do poder do teatro, eu tinha ido com ideias preconcebidas, opiniões mal fundamentadas, que foram vencidas e anuladas pela representação. O que prova que nós, espectadores, estamos muito longe de sermos passivos, mesmo imobilizados nas poltronas do camarote de um teatro de ópera.

No segundo ato, os peregrinos que vão à Roma para receber o perdão de seus pecados eram representados como uma gigantesca trupe de palhaços: era igualmente magnífico. Não se tratava, de maneira nenhuma, de uma zombaria fácil. Tratava-se de mostrar que aquele cortejo de peregrinos segue em uma espécie de fé triste, de convicção secretamente paródica – na verdade *Tannhäuser* enuncia, na sequência, que aquela procissão não tinha nenhum sentido, que o papa era um cara pobre e que aqueles peregrinos eram palhaços de sua própria crença. Eis um exemplo de encenação que se inspirou nos recursos imprevistos, nas imagens paradoxais e que, na realidade, oferecem a mais impactante representação contemporânea que eu já vi da ópera *Tannhäuser*. Quando eles atingem seu objetivo, os meios teatrais, que fazem propaganda de sua capacidade de desconstruir as figuras teatrais anteriores, regeneram de fato as obras que eles tratam. A invenção teatral real volta atrás, quaisquer que sejam suas escolhas ideológicas e técnicas, e age no palco do presente, um presente que leva em consideração o que se sabe da história ou das ciências, que inventa fábulas contemporâneas eficientes e que incorpora tudo isso na obra – de Wagner, por exemplo –, mostrando assim seu caráter profético. Wagner não era apenas compatível com essa encenação, mas foi exatamente esta última que fez que se ouvisse verdadeiramente sua música. Essas são algumas opções de aparência provocadora, até mesmo falsificadora, que devemos experimentar, por nós mesmos, caso a caso. Eu estava pronto para vaiar, e saí vencido e admirativo.

II.
Teatro e filosofia, história de um velho casal

Desde seu nascimento conjunto na Grécia, teatro e filosofia atravessaram, como o senhor diz, como um velho casal, 2.500 anos de história. Encontramos, hoje, traduções e edições recentes de Platão ou de Aristóteles em todos os países do mundo, e peças de Sófocles e de Aristófanes são apresentadas sem interrupções. Por que é que o teatro e a filosofia têm uma história, ao mesmo tempo, concomitante e concorrente?

É uma história muito conturbada. Ela se parece com a de um velho casal que consegue ultrapassar o sistema de suas inúmeras querelas, um casal que triunfa sobre aquilo que o opõe. Desde o princípio, o teatro começa com uma vantagem primordial sobre a filosofia: ele reúne as multidões, em especial na Grécia antiga, onde os concursos de teatro, comédia e tragédia, acontecem ao ar livre diante de milhares de pessoas, e onde produzir peças de teatro é uma espécie de obrigação cívica. Naquela época, a filosofia também era, de fato, uma atividade principalmente oral. Mas ela era transmitida em pequenos grupos de discussão, sob o impulso de um mestre que tentava ser leal, evitando ao máximo os efeitos espetaculares.

    Platão analisa com grande sutileza as vantagens e os riscos do teatro. O teatro causa efeitos de uma força considerável sobre os espectadores: ele os emociona, ele os transporta, ele é aplaudido ou vaiado, é uma vibração viva. As ideias que o teatro propaga, sua propaganda surda em prol de uma certa visão da existência, são, aos olhos de Platão, extraordinariamente eficazes: é porque tem essa eficiência que o teatro merece ser vigiado e muitas vezes condenado. Devemos perceber que essa eficácia temível é levada a seu apogeu desde sua origem grega, porque manifesta quase imediatamente a totalidade de suas possibilidades. O teatro grego antigo era, na realidade, muito próximo da ópera wagneriana; ele comportava música, dança, coros, cantos, máquinas que permitiam fazer que os deuses aparecessem no céu... Com esses meios poderosos, a mais intensa tragédia e a mais desbragada comédia vinham surpreender e cativar a multidão. Tudo isso surgiu com o próprio teatro, logo no início, no lugar onde a filosofia conheceu seu começo penoso e contestado. Aplaude-se Sófocles, mas se condena Sócrates à morte, depois de, no palco, na peça *As nuvens*, Aristófanes ter zombado ferozmente dele. Platão evidentemente percebeu, em sua desconfiança em relação ao teatro, que este utilizou muito sua vantagem inicial contra os filósofos.

Em suma, existe, entre o teatro e a filosofia, um aspecto de rivalidade na conquista dos espíritos. Mas a questão fundamental se encontra em outro lugar: os meios usados pelo teatro e os meios que a filosofia propõe são praticamente opostos. O teatro propõe representar figuras e fragmentos do real de nossas vidas no palco e deixar ao espectador a tarefa de tirar as lições dessa representação da existência individual e coletiva; a filosofia se propõe a orientar a existência. A filosofia, tal como o teatro, visa analisar a existência humana, mas a filosofia faz isso sob o signo da ideia: o que é que pode orientar nossa existência e não a entregar às obrigações exteriores que são suas? No fundo, o teatro e a filosofia têm a mesma questão: como se dirigir às pessoas de modo que elas pensem sua vida de uma maneira diferente de como fazem habitualmente? O teatro escolheu o meio indireto da representação e da distância, enquanto a filosofia escolheu o meio direto do ensino, na confrontação entre um mestre e um auditório. Temos, de um lado, o ensino pelo equívoco desejado da representação diante de um público reunido, e do outro, o ensino pela argumentação unívoca e o diálogo, frente a frente, que serve para consolidar os resultados subjetivos.

No livro III *de* A República, *Platão expulsa os poetas da cidade, mas ele mesmo escreve diálogos que evocam uma forma de teatralidade...*

Eu mesmo sublinhei esse aparente paradoxo platônico, que é como a estranha solução de um problema, o da relação, na filosofia, entre a emoção subjetiva, que tende à poesia, e a demonstração, que tende à matemática. Mas, no fundo, existe uma razão mais simples: Platão sabe que, a partir do momento em que se ataca o teatro, a batalha já está perdida. É por isso que ele vai dar à filosofia, quando começa a escrevê-la, uma forma teatral. É absolutamente espantoso que o maior inimigo do teatro na filosofia seja alguém cujos diálogos são interpretados no teatro. O infeliz teve como destino ser transformado em teatro. E, no entanto, quanta violência em sua crítica ao teatro, ao longo de seu grande diálogo *A República*! O teatro é, segundo Platão, uma imitação do real que, longe de produzir um verdadeiro conhecimento, nos afunda sentimentalmente na aparência e no erro. O teatro se encontra ainda mais longe da verdadeira ideia do que a opinião banal, porque ele acrescenta a essas opiniões confusas o poder da falsa emoção produzida pela interpretação do ator. Mas, finalmente, essa diatribe é inoperante, o teatro não para de triunfar sobre ela. É porque todo ataque contra o teatro esquece que ele constitui um conjunto de possibilidades extremamente completo. As orientações possíveis do teatro são de uma diversidade extraordinária: pode-se fazer um monólogo nu com três palavras ou espetáculos enormes com cenários, dezenas de atores, usar um texto literário ou poético... Falar do teatro é difícil se não se levar em conta a extraordinária gama dos meios do teatro. Cada vez que um filósofo ataca o teatro, ele não percebe que, na realidade, está defendendo uma forma de teatro contra uma outra. A queixa que ele faz contra o teatro como pessoa exterior se torna, necessariamente, uma queixa interior, porque o teatro tem todos os meios de incorporar essa queixa a si mesmo: nada interessa mais ao teatro do que discutir o teatro no palco. A teatralização das objeções feitas ao teatro é imediata. Veja a *Crítica da Escola de mulheres* de Molière, na qual a discussão crítica sobre uma peça se torna o tema de uma outra; veja todo o teatro de Pirandello, no qual a confrontação entre a vida propriamente dita e a vida teatral serve de matriz a uma teoria puramente teatral da verdade; veja minha própria peça *Les citrouilles*, inspirada em *As rãs* de Aristófanes, ele confrontando no palco Ésquilo e Eurípides, e eu, Brecht e Claudel: nada do que se puder dizer a favor ou contra o teatro pode ser subtraído do próprio teatro.

Além disso, devemos perceber que os filósofos que criticam o teatro não estão acima de qualquer suspeita: você falou sobre os diálogos de Platão, mas Rousseau, outro inimigo feroz do teatro, como se vê na *Carta a d'Alembert sobre os espetáculos*, nada mais faz do que defender uma possibilidade do teatro: Rousseau opõe a festa cívica, na qual o povo deixa de ser o espectador e se reúne para afirmar sua presença, ao teatro que representa e faz admirar as paixões negativas, que zomba das pessoas sinceras e desajeitadas; ao teatro que faz que os espectadores se identifiquem com os covardes, com os déspotas ou com os oportunistas. Rousseau opõe um teatro da representação *do* próprio povo ao teatro da representação *para* o povo. É nesse teatro feito de uma modelagem da multidão que os representantes da Convenção Nacional da Revolução Francesa vão se inspirar, especialmente durante a festa do Ser supremo. Mas, apesar de tudo, a festa cívica não passa, no fim das contas, de um dos infinitos recursos do teatro.

No fundo, o teatro e a filosofia visam criar nas pessoas uma nova convicção. E existe uma espécie de querela inevitável no que diz respeito aos meios mais apropriados para obter esse efeito. Entretanto, creio que é preciso ir na direção de uma aliança, antes que na de um conflito, porque os ataques especulativos contra o teatro reforçam o teatro. O teatro é a maior máquina que já foi inventada para absorver as contradições: nenhuma contradição levada ao teatro o amedronta. Todas, pelo contrário, constituem para ele um novo alimento, como mostra o fato de se interpretar Platão no palco. Eu dou aos filósofos o seguinte conselho: nunca ataquem o teatro. Façam como Sartre, como eu e também como Rousseau e Platão, apesar das aparências: é melhor escrever seu próprio teatro do que denunciar o dos outros.

Depois de Rousseau, alguns filósofos atacaram o teatro porque ele separa os atores e os espectadores, os ativos e os passivos. O espectador é amplamente desprezado pela crítica estética e pela radicalidade política. Em O espectador emancipado, *Jacques Rancière*[26] *quis desfazer esse clichê que, de Platão a Guy Debord, fez do teatro, das imagens e da representação cenas de ilusão. Rancière retoma o argumento e se pergunta se não foi justamente "a vontade de suprimir a distância que criou a distância". Dizendo de outra maneira, a crítica do espetáculo induz a uma desigualdade de posição e de condição entre aquele que faz e aquele que olha, na qual nossas vanguardas deveriam prestar atenção. Ainda mais que um espectador não permanece inativo, mas ele compara, estabelece associações, critica e "compõe seu próprio poema com os elementos do poema diante dele". O senhor concorda com essa análise?*

Essas questões animam a vida teatral há muito tempo e estiveram no âmago dos debates do século XX sobre o teatro: discutiu-se polemicamente sobre a substituição da identificação pelo distanciamento, criticou-se a passividade do espectador, este foi convocado ao palco, foi interpelado, foi forçado a dançar – em suma, todas as formas de provas foram impostas a ele para mostrar que ele não era passivo. As demonstrações desse tipo, destinadas a tirar o espectador de sua passividade, são, de modo geral, o cúmulo da passividade, porque o espectador deve obedecer à injunção severa de não ser passivo... As pessoas do teatro buscam, frequentemente,

---

26. Filósofo francês, nasceu em 1940. (N. T.)

abolir as barreiras entre elas e os espectadores. Podemos compreendê-las, suas razões são respeitáveis: é realmente verdade que o teatro não tem por vocação se mudar para o lado do espetáculo, ou seja, da imagem. É importante, então, que o espectador não fique, unilateralmente, fascinado pela transcendência da imagem. A melhor maneira de fazer isso, na minha opinião, é sublinhar que a subjetividade do espectador é o objetivo essencial e que ela não é, necessariamente, passiva, ainda que o espectador permaneça sentado em sua poltrona. Falou-se da transferência, ou seja, de algo que transforma a subjetividade através de uma espécie de incorporação mental à dialética do teatro. Em seus livros, por exemplo, em *Le spectateur* [O espectador], ajudado por seu profundo conhecimento da psicanálise e de Lacan, François Regnault estudou os labirintos da transferência teatral, do modo como uma representação toca e, às vezes, modifica as estruturas subjetivas. Ele mostra bem que os efeitos subjetivos do teatro podem ser muito mais fortes quando eles são indiretos e quando sua força propriamente dramática permanece invisível. Esses efeitos podem, perfeitamente, se inscrever no inconsciente do espectador sem que este finja ser um ator, visto que, evidentemente, não o é. O método da participação material no espetáculo é um procedimento que pode ser praticado, mas que não tem um monopólio particular a ser reivindicado. Nada é mais desastroso do que os esforços laboriosos para extorquir uma "participação" das pessoas que não querem participar de maneira nenhuma. Por outro lado, pode acontecer que a intervenção solicitada funcione realmente. Esse é o caso, aqui mesmo em Avignon, da peça *Um inimigo do povo*, de Ibsen, dirigida por Thomas Ostermeier[27]. Há, no final, um grande discurso do herói da peça, diga-se de passagem, muito modificado em relação ao texto de Ibsen, visto que ele é composto de um extrato de *A insurreição que vem*, o texto do Comitê Invisível, e de um juízo sobre esse discurso por outros protagonistas que descem para o salão e "recobrem", com sua autoridade de atores, as intervenções vindas do público. Pude ver a energia liberada por tudo isso, a implicação teatral da sala inteira, o lado "reunião popular" que se instala por um momento e a virtuosidade com a qual a montagem da cena organiza o retorno ao teatro puro depois desse intermédio coletivo. Mas tamanho sucesso é muito raro.

Na realidade, a transformação subjetiva do público depende do sucesso propriamente teatral da representação. Ele diz respeito a todos os ingredientes do teatro: figurinos, cenários, texto, iluminação, interpretação dos atores, ocupação do espaço, músicas, vídeos..., e ele não pode se reduzir a uma manipulação previamente aceita e formalmente "participativa" do público. Se a representação é forte, ela deve provocar transferências subjetivas, transformações que acontecem mesmo se o espectador permanecer imóvel. Pode-se, por outro lado, muito facilmente se imaginar uma pantomima de atividade de espectadores que os mantém, na

---

27. Diretor alemão, nasceu em 3 de setembro de 1968. (N. T.)

realidade, na passividade. Não se trata de um problema de técnica teatral particular, mas de saber se o teatro está presente, se o acontecimento de pensamento ocorreu teatralmente. Nas concepções reativas de direita das quais falamos, que veem o teatro como museu, como representação, como aparelhagem técnica perfeita, a ideia de que o teatro "acontece" é uma noção ausente. A oscilação na imagem ou na coreografia provoca a instalação da passividade. E quando há passividade, o teatro parou de ser teatro. Mas isso pode acontecer também no império da concepção reativa "de esquerda": organizar a participação efetiva do público, deslocá-lo, interpelá-lo, fazer as pessoas subirem no palco etc., pode, perfeitamente, ser apenas uma ficção de atividade, até mesmo o cúmulo do conformismo, e chegar à anulação do poder subjetivo do teatro.

O teatro integrou a crítica original que lhe foi dirigida?

Pode-se criticar o teatro sem defender seu desaparecimento. Pode-se, e até se deve, teatralizar a crítica do teatro. Eu sublinhei isso: o teatro não parou de produzir sua própria crítica. Não digo que a crítica do teatro seja reservada ao teatro, mas que a crítica da teatralidade como tal seja uma crítica que o teatro possa absorver: não se encontrará melhor crítica da teatralidade do que nas peças de Pirandello, por exemplo. Podemos ver, especialmente, a espantosa personagem da grande atriz na peça *Trovarsi* [Encontrar-se] e a feroz crítica do "meio" teatral que dela resulta. No que diz respeito à denúncia da confusão entre o imaginário e o real, o teatro é o meio mais eficaz, apesar de ser acusado de perpetuá-la. Eu acho, definitivamente, que o teatro conseguirá sobrepujar todas as críticas que lhe são dirigidas desde Platão e com relação às quais se deve sempre lembrar que as mais duras, as que causaram mais efeitos, foram os anátemas religiosos. Será que não existe algo ainda religioso nas diatribes contra o espetáculo? As críticas da teatralidade como mimética conservadora da sociedade do espetáculo feitas por Guy Debord, por exemplo, no filme *In girum imus consumimur igni*, recorrem amplamente à imagética cinematográfica, que ele pretende utilizar e parodiar sem atingir a si mesmo. Mas hoje os filmes de Debord fazem parte da sociedade do espetáculo, é um repertório como qualquer outro, que se tornou até esnobe. Finalmente, o ponto essencial de nossa discussão não é o próprio teatro, mas a discussão filosófica sobre o papel do aparecer no pensamento. Não é um problema que possa ser limitado ao teatro. Em nossas condições, o teatro é vitorioso em relação a suas críticas porque ele as incorpora, assim como o cinema o é porque tem o poder de ignorá-las.

Alguns filósofos assumiram a defesa do teatro contra a filosofia. De certa maneira, opondo a figura apolínea contra a figura dionisíaca, a racionalidade contra o poder do trágico, Nietzsche não teria operado uma mudança que continua atual?

Nietzsche não foi nada diplomata: não esqueça que ele escreveu que o filósofo era o "criminoso dos criminosos"! E como sua visão aforística e vitalista do pensamento nunca recuava diante do paradoxo, ele também estigmatizou o teatro. Depois de tê-lo louvado como aquele que ressuscitava Ésquilo, ele vilipendiou Wagner, acusando-o de ceder a uma teatralidade histérica. Na realidade, aquilo que Nietzsche aparentemente "mudou" nada mais foi do que uma repetição, a repetição do gesto platônico. Esse gesto consiste em dizer que a retidão vital do pensamento, seu impulso, seu poder, não podem se sobrecarregar com as aparências e com os artifícios do teatro, com aquilo que Nietzsche chama de dimensão "feminina" do teatro, e que, entretanto, ao mesmo tempo, pode existir um "verdadeiro" teatro original, mais próximo, na verdade, da poesia do que da representação, que traduz diretamente no lirismo da língua o que Nietzsche chama de "potência inorgânica da vida". A esse respeito, Monique Dixsaut[28] tem razão ao aproximar o antiplatonismo declarado de Nietzsche do próprio Platão! Platão e Nietzsche têm em comum o desejo de que o pensamento seja um movimento e não uma ordem, uma conversão do ser inteiro e não um estudo

---

28. Filósofa francesa. (N. T.)

acadêmico, uma exigência vital e não uma moral tradicional. E, nesse ponto, tanto um quanto o outro recorrem à fábula, à alegoria, ao diálogo, a meios poéticos e teatrais. Os poemas de Zaratustra são irmãos dos mitos de Platão, mas ambos desconfiam desses meios, que são também os da ilusão e do engano. Tal é o paradoxo da relação da filosofia com o teatro: a adoração e a suspeita estão, inevitavelmente, misturadas.

Quais são os filósofos que melhor falaram do teatro? Quais são os teóricos do teatro mais férteis?

Não quero me engajar em uma distribuição de prêmios. O que se deve realmente ver é que, quando um filósofo propõe uma teoria do teatro, ele busca objetivos filosóficos, e não teatrais. Assim, para Diderot, trata-se de provar que a imitação de uma paixão não é, em absoluto, a mesma coisa que a própria paixão. O ator compõe artificialmente a paixão, ele não a sente. Mas por que isso seria importante? Definitivamente, para mostrar que a verdadeira paixão diz respeito à natureza, que ela tem uma base espontânea e vital, e que a psicologia das paixões é uma parte da fisiologia das emoções do corpo. O objetivo buscado é, então, o de consolidar uma forma do materialismo. O próprio Brecht – ele mesmo disse isso – tem como objetivo essencial, além da análise teatral, mas estreitamente ligado a ela, criar uma sociedade dos "amigos da dialética". Por quê? Para melhorar o materialismo dialético, vitalizá-lo no contato com o teatro e, assim, fazer justiça à filosofia do campo proletário e revolucionário. Depois disso, os verdadeiros servidores da atividade teatral, diretores, atores e críticos, podem fazer dessas intenções filosóficas ligadas ao teatro o uso que lhes convier.

Por que o filósofo é tão frequentemente ridicularizado nas peças de teatro, de Aristófanes a Marivaux? Seria por causa dessa concorrência originária?

A comédia, como eu já disse, tenta criar um riso paradoxal: um riso dirigido contra aquilo mesmo que faz a opinião dominante, inclusive a dos espectadores. O filósofo visado pelo teatro é apenas, se observarmos de perto, a representação do filósofo através da tradição: distraído, fora da realidade, amante de conceitos abstrusos e inúteis, e, sobretudo – porque isso cria verdadeiras situações teatrais –, um amante lastimável.

Esse esquema remete a um lugar-comum – ele mesmo filosófico – que é a oposição entre a Razão e a Paixão. Fazendo graça com o filósofo ascético e racional, que se espanta ao ver um saiote, zomba-se, na verdade, dessa oposição perfeitamente factícia, embora fortemente presente, inclusive no discurso universitário pseudofilosófico. Mas, no fim das contas, Platão foi o primeiro a entrar nesse jogo. Foi ele quem descreveu um dos primeiros filósofos, Tales, caindo em um poço que ele não tinha visto porque andava perdido em seus pensamentos de astrônomo, distraído, sondando o movimento dos astros no céu. E realmente trata-se de uma comédia, porque o povo, representado na obra de Platão por uma serva trácia, explode de rir com esse espetáculo. Em relação a isso, a filosofia se mostra tão lúcida quanto a comédia: o filósofo, singularmente o filósofo recluso na universidade, não tem nenhum motivo para ser mais poupado do que o velhote, o político, o militar fanfarrão, o velho avaro ou a vaidosa hipócrita, a partir do momento em que se tenta escapar dos lugares-comuns moralizadores.

Existiria uma "cena filosófica", como diz a filósofa Sarah Kofman[29]*? E, se ela existe, quem são os tartufos*[30]*, os Alcestes*[31] *e os médicos à força*[32]*?*

Os tartufos são os "filósofos" que fingem estar isolados, na contracorrente, envolvidos em sua defesa dos Direitos e das Liberdades, enquanto tiram proveito de quem quer que esteja no poder do Estado; estão onipresentes na mídia e nada mais fazem do que formatar os lugares-comuns da propaganda geral para a ordem "ocidental" estabelecida. Os Alcestes são

---

29. Filósofa e ensaísta francesa (14 de setembro de 1934 – 15 de outubro de 1994). (N. T.)

30. De *Tartufo*, comédia de Molière. (N. T.)

31. Da personagem da comédia *O misantropo*, de Molière. (N. T.)

32. De *O médico à força*, peça de Molière. (N. T.)

aqueles que – como eu? – não dão trégua quando se trata dos tartufos, que exigem provas em relação à independência intelectual e à solidariedade ativa com as verdades, inclusive políticas, apesar de poucas delas existirem; são aqueles que consideram renegados todos os intelectuais que, tendo feito em algum momento da sua vida, especialmente no período entre 1960 e 1980, a real experiência das consequências de uma filosofia da emancipação, voltaram, em seguida, ao ponto inicial, instalaram-se nas opiniões dominantes e não param, desde então, de tentar justificar o abandono pessoal multiplicando os sofismas gerais. Os médicos à força? Talvez aqueles que acreditam que seu dever de filósofos seja o de propor, a qualquer momento, soluções para o carro do Estado parlamentar que está desgovernado e acaba de sair da pista.

Será que se pode fazer um bom teatro com a filosofia? Em que condições poderia haver um teatro filosófico?

A expressão "teatro filosófico" me desagrada, assim como as expressões "teatro político" ou "teatro psicológico", ou até mesmo "teatro épico". Vejo bem quais são as diferenças entre a comédia e a tragédia, mas, em relação ao resto, não me parece pertinente fantasiar a palavra "teatro" com qualquer adjetivo que seja. Bem como, diga-se de passagem, não admito as expressões "filosofia da matemática", ou "filosofia política", ou "filosofia estética"... Essas são categorias da universidade, e a filosofia, idealmente, para retomar uma distinção de Lacan, é o discurso do Mestre, e não o discurso da universidade. Na filosofia contam apenas as grandes filosofias, sem nenhuma espécie de adjetivo. Isso vale para o teatro. Dito isso, a filosofia pode perfeitamente ser um dos materiais do teatro. É, visivelmente, o caso do teatro de Goethe, de Schiller ou de Lessing. Há bastante filosofia em certas peças de Marivaux e muita nas maiores de Pirandello ou de Ibsen. É, evidentemente, o mesmo caso do teatro de Sartre ou do meu. E seu *Projet Luciole* [Projeto Vaga-lume], a peça de sua concepção e direção, caro amigo, não faz que se ouça no palco, sem que a interpretação propriamente teatral desapareça de maneira alguma, inúmeros textos de origem puramente filosófica?

III.
Entre a dança e o cinema

A dança é, na sua opinião, uma "metáfora do pensamento", enquanto o cinema seria feito de "falsos movimentos". O que é, então, o teatro para o senhor? Seria um teatro das ideias, no sentido compreendido por Antoine Vitez, que queria mostrar como as ideias faziam que os corpos dos atores se dobrassem no palco?

Você tem razão de evocar o problema das relações entre a dança, o cinema e o teatro. Tenta-se, frequentemente, constituir uma oposição entre um teatro do corpo e um teatro do texto. É uma oposição grosseira, mas que serve de guia para toda uma série de trabalhos contemporâneos. No entanto, penso que esse não é um bom início. Situar o teatro contemporâneo em relação à dança e ao cinema, que dizem respeito, a primeira, à música-corpo e, o segundo, ao texto-imagem, parece-me mais fértil. Primeiramente, notemos que os laços do teatro, por um lado com o registro do corpo e, por outro, com o registro da imagem, são essenciais desde o começo e prosseguem ao longo do tempo. Um autor como

Molière maneja tão bem as pauladas que um criado dá em alguns velhos sovinas quanto as sutilezas do alexandrino elegíaco através do qual um amante melancólico se queixa de sua amada. Boileau[33] até dizia que, "nesse saco ridículo onde se enrola Scapino", ele não reconhecia o "autor de *O misantropo*". O fato é que a grandeza de Molière estava, precisamente, em misturar a energia corporal e verbal da farsa com a expressão textual refinada das paixões e das resoluções. Além disso, podemos encontrar em Molière, pelo lado do corpo, não apenas a presença efetiva e real do ator, que ele próprio era, mas alguns de seus compromissos com a dança que marcam a história do teatro: Molière colaborava com Lully e com os coreógrafos, e a dança, como relação visível entre a música e o corpo, era interna ao espetáculo teatral. Toda uma vertente do maior teatro "de texto", e isso desde a tragédia grega, está orientada para uma disciplina do corpo que se entrega ao estado puro na dança.

A latinista Florence Dupont[34] *insiste no fato de que nós interpretemos hoje Sófocles ou Eurípedes sem música nem dança, um pouco como se interpretássemos o libreto de Da Ponte de* Don Giovanni *sem a música de Mozart...*

---

33. Nicolas Boileau-Despréaux, poeta, escritor e crítico francês (1° de novembro de 1636 – 13 de março de 1711). (N. T.)

34. Latinista e helenista francesa. (N. T.)

É exatamente isso, mas não se deve excluir que a história do teatro possa ser também uma espécie de purificação permanente de sua própria essência, em detrimento dos laços visíveis demais com a música, a dança ou a imagem. Acontece que a relação entre o teatro e a dança é, na verdade, muito tensa, muito paradoxal. O corpo mudo – o mímico – se encontra no limite de ambos, mas ele mostra também que o teatro deve, ao mesmo tempo, saber se aproximar da dança e saber fugir dela.

Como a música e a dança, a imagem está onipresente no teatro desde o princípio: havia máscaras, figurinos, cenários, efeitos de máquinas no teatro antigo; logo, uma imagem espetacular.

É interessante supor que a dança é *a imanência do corpo*, ou seja, um corpo que se apresenta do interior de seu próprio movimento, e que a imagem é, pelo contrário, uma espécie de *transcendência luminosa*, uma exterioridade, que exerce seu poder sobre o corpo. Tanto isso é verdade que existem, hoje, alguns meios técnicos que aumentam, desmesuradamente, o poder das imagens. Eu situaria, de bom grado, o teatro entre a dança e a imagem, ou entre a dança e o cinema, se entendermos por "cinema" a potência máxima da imagem contemporânea. Faço questão que se mantenha o "entre", que significa que o teatro está relacionado com ambos – dança-música e imagem-texto –, mas não se confunde com nenhum dos dois.

O que é que a dança realiza com perfeição? Spinoza pensa e escreve que nós não sabemos do que o corpo é capaz. Eu diria que a dança é a resposta a esse desafio de Spinoza: a dança tenta mostrar do que o corpo é capaz. Ela é o campo de experimentação dos poderes, não apenas expressivos, mas também ontológicos do corpo. Ela busca mostrar, na imanência do movimento, do que o corpo é capaz enquanto ser, enquanto ele se revela diante de nós em seu ser. Eu penso nas coreografias de Mathilde Monnier[35], que podem partir do andar como capacidade elementar do corpo e extrair disso algumas variações espantosas, que manifestam diante de nós a possibilidade interior dos corpos de "andar" de mil maneiras diferentes, tão bem sozinhos como entrelaçados aos movimentos de outros corpos.

Então diremos: existem relações necessárias entre o teatro e a dança, mas a questão do teatro não poderia ser a de saber do que um corpo é capaz. O teatro não pode se dissolver no que constitui a essência da dança. Porque o teatro propõe uma orientação subjetiva, da qual o corpo é apenas um dos termos. Quando Nietzsche adota a dança como metáfora de seu próprio pensamento, fazendo Zaratustra dizer que ele "tem pés de dançarino endiabrado", ele quer dizer que vai se manter o mais perto possível da vitalidade imanente, do pensamento como possibilidade viva.

---

35. Coreógrafa francesa, nasceu em 1959. (N. T.)

Do lado da imagem, a noção-chave, como já viu Platão, é a do espetáculo: a imagem é aquilo que se propõe à visão e que é experimentado pelo eventual espectador como uma imposição vinda do exterior. Uma característica do cinema é que ele não precisa de ninguém: uma vez que o filme está feito, ele se torna totalmente indiferente – exceto financeiramente... – à existência de um público. Não ter ninguém assistindo ao filme não muda nada em seu ser, ao passo que a existência do público é constitutiva do teatro. A dança é a imanência do corpo lá onde o cinema é a transcendência da imagem, tal como ela pode se repetir, idêntica a si mesma, sem precisar recorrer a um sujeito. Uma imagem mostra do que ela é capaz, em termos de ilusão, de aparência ou de verdade imitada, até mesmo vazia, se for preciso.

Então diremos: existem relações necessárias entre a imagem e o teatro, visto que o teatro é um espetáculo e utiliza, de maneira cada vez mais sofisticada, o poder da imagem. E é realmente impressionante ver em Avignon o muro do Palácio dos Papas desmoronar diante de nós, como os recursos tecnológicos modernos nos dão a ilusão durante a peça extraída de *O Mestre e a Margarida* de Bulgakov. Mas esse tipo de façanha nunca é, e não pode ser, a finalidade do teatro. Existem artes da imagem, a começar pela pintura ou pelo cinema, e essas artes da imagem têm sua própria autonomia. A exploração daquilo que uma imagem é capaz, quer ela imite alguma coisa – classicismo –, quer ela proponha uma imagética oriunda de seus próprios recursos – modernidade –, não obriga, de maneira nenhuma, o teatro a se identificar com a produção de imagens. Porque a orientação subjetiva buscada pelo teatro – na rivalidade, se necessário, com a filosofia, e não com a dança ou com a imagem – não pode se dissolver no espetacular.

Pensemos, por exemplo, no *Fausto* de Goethe: que mobilização espetacular, quantos momentos que chamam a música, a dança, as aparições sobrenaturais, toda uma imagem na travessia das religiões e das paixões, dos pensamentos e das volúpias vindas de todos os séculos! Diretores de primeira ordem, como Vitez, Grüber[36] e Strehler[37], quiseram que tudo isso se tornasse teatro e, finalmente, mesmo quando se voa sobre o palco suspenso por um fio, mesmo quando Deus fala das nuvens, mesmo quando se assiste às Saturnais diabólicas, quando imagens, músicas e danças parecem chamadas apenas para sustentar a intensidade excessiva do texto, mesmo nesse caso, isso deve ser teatro. Que a questão não seja a de saber do que a imagem é capaz nem o que pode um corpo, mas se ele é verdadeiro, verdadeiro de uma verdade sensível a cada um, que seja a de não precisar ceder à tentação do "Espírito que sempre nega", mas que "o Eterno feminino nos leve para o alto". Devemos situar, portanto, o teatro entre a imanência que a dança exalta e a transcendência que a imagem apresenta; e esperar que ele não seja absorvido nem por uma, nem pela outra.

---

36. Klaus Michael Grüber, diretor alemão (4 de junho de 1941 – 22 de junho de 2008). (N. T.)

37. Giorgio Strehler, diretor italiano (14 de agosto de 1921 – 25 de dezembro de 1997). (N. T.)

Deveríamos afirmar que não existe nenhuma hibridação possível entre o teatro e seus primos, que são a dança e o cinema, a performance e o vídeo? E o texto, na sua opinião, seria um suporte incontornável do teatro?

O teatro é, por si mesmo, eu confesso, algo sempre impuro, um dado híbrido. Essa hibridação não se confunde com o próprio poder de cada uma das artes que a compõem, a imanência dos corpos de um lado, a transcendência da imagem do outro. Assim, penso que a existência de um texto, no teatro, é um suporte necessário, apesar de existirem, empiricamente, belíssimos espetáculos sem texto. O texto é, na verdade, a garantia final de que o teatro não foi absorvido nem pela dança, nem pela imagem. É o que o mantém entre as duas coisas, com os movimentos oscilando às vezes para o lado da fascinação pela imagem, outras vezes, para o lado da energia contagiosa dos corpos. O texto é a ordem simbólica na qual o teatro se agarra para tratar, em seu próprio elemento, das inevitáveis negociações com o corpo dançante e com a imagem espetacular. Apoiado na simbólica textual, o teatro pode permanecer em relação com seus dois companheiros exteriores sem que essa negociação se torne uma capitulação.

Eu não quero opor o corpo ao texto: acho que o corpo é decisivo no teatro e que o texto funciona como uma garantia simbólica de que o teatro não será absorvido pelas zonas onde as artes, que também devem conservar sua independência, comandam. É assim que se explica por que, a longo prazo, o que resta do teatro são os textos. Os espetáculos, resultados de negociações entre a simbólica do texto, o real dos corpos e a imagem, são efêmeros, visto que essas negociações são novamente questionadas a cada noite. O teatro acontece e nada mais é que a armadura simbólica a partir da qual foi possível negociar, em total independência, com as zonas que lhe são estranhas, embora necessárias.

Evidentemente, é uma forma de modernidader reivindicar o efêmero e desejar o desaparecimento. Pode-se desejar que "teatro" queira dizer: aquilo que só acontece uma vez e, em seguida, deve morrer. Mas estou convencido de que o teatro pode e deve permanecer no refúgio simbólico que constitui um texto, a partir do qual aquilo que efetivamente desapareceu, a representação, o espetáculo, a negociação, pode ser recomeçado, ressuscitado.

Isso não quer dizer que o texto deva ser fetichizado e que ele constitua a essência do teatro, mas que ele permanece como tesouro simbólico, como garantia passada de que o teatro aconteceu e acontecerá. Eis por que o "entre duas coisas" teatral me parece escorado no texto; trata-se, pura e simplesmente, da eternidade do teatro.

O que se entende por texto de teatro? Qualquer texto pode ser matéria e pretexto para o teatro?

Essa questão é mais interessante e real do que a oposição entre corpo e texto: qual é a natureza do texto teatral? Hoje, a divisão entre peças de teatro e textos que não são de natureza teatral tende a se enfraquecer. Eu não vejo o que possa se opor a isso. Há muito tempo que um dos recursos do teatro consiste em buscar algo de teatral escondido nos textos que não foram escritos para o teatro. Quando se muda, no palco, o estilo daquilo que se considera como teatro, quando se estabelece uma nova maneira de dizer as coisas em público, pode-se descobrir uma teatralidade anteriormente despercebida em um romance, em um poema, e até mesmo em um discurso trivial. Entretanto, o texto de teatro permanece, de onde quer que ele venha, sendo dirigido a um público porque tal situação é totalmente oposta à da leitura, que é a confrontação silenciosa entre uma pessoa e um texto, uma espécie de captação íntima. O texto teatral tem em comum com o do orador, político, jurídico ou sacro, o fato de querer captar o interesse de um auditório, talvez rebelde ou dividido. Eu diria de bom grado que enquanto o poder do texto literário é insinuante, ligado a uma temporalidade estirada e secreta, o do texto teatral é frontal, ligado à presença imediata daquele que o profere. No final das contas, a oposição entre o silêncio dos signos negros na página branca e a música da voz que ressoa em uma sala é essencial.

Em Une part de ma vie, entretiens (1983-1989) [*Uma parte de minha vida, conversações (1983-1989)*], Bernard-Marie Koltès diz, em relação a sua peça Combate de negro e de cães[38], que "cada personagem tem sua própria linguagem. Tomemos a de Cal, por exemplo: tudo o que ele diz não tem nenhuma relação com o que ele queria dizer. É uma linguagem que sempre deve ser decodificada. Cal não diria 'estou triste', mas ele diria 'vou dar uma volta'. Em minha opinião, é dessa maneira que se deveria falar no teatro". O senhor concorda com essa visão da escrita teatral?

Mas nós também temos, obrigatoriamente, a experiência do contrário! Existe, fundamental no teatro, a personagem típica, da qual se espera, justamente, que a linguagem traga perfeitamente o que se espera dela e de sua singularidade. Veja o Matamouros de Corneille, o Arlequim de Goldoni, um mulherengo de Feydeau, um tirano do teatro grego, um criado de Molière, um monarca de Shakespeare e também um personagem de atriz em Pirandello ou aquilo que se chamou de os "vagabundos metafísicos" de Beckett: em todos os casos, a surpresa emocionada não vem, de maneira alguma, do fato de que a linguagem da personagem deva ser decodificada, mas, pelo contrário, do fato de que ele maneja uma linguagem convencional, reconhecida ou mesmo estereotipada. E a força do teatro está em fazer ouvir, ao mesmo tempo, uma perfeita adequação ao modelo geral desse tipo de língua e alguns desvios particulares, algumas variações sabiamente dispostas,

---
38. Edição portuguesa: Lisboa, Edições Cotovia, 1999. (N. T.)

cuja surpresa vai ser, para o espectador, como um pequeno acontecimento. O que não impede de se recorrer ao que você preconiza. Na verdade, em sua história, o teatro utilizou todos os recursos linguísticos desde que eles pudessem ser dirigidos a um público; desde que eles pudessem ser, no meu entendimento, sonorizados.

Por que o teatro seria, como o senhor diz, para além da questão das linguagens, um "acontecimento de pensamento" cuja organização produziria, diretamente, ideias?

Podemos chamar de "ideia" aquilo que é, ao mesmo tempo, imanente e transcendente. A ideia se apresenta como mais poderosa do que nós mesmos e constitui a medida do que a humanidade é capaz: nesse sentido, ela é transcendente; mas só existe precisamente quando é representada e ativada ou encarnada em um corpo: nesse sentido, ela também é imanente.

Enquanto ela não for imanente, é fantasmagórica. Chamemos de ideia uma orientação na existência que dá a medida de uma potência, enquanto tal, tendo necessidade de ser encarnada. O teatro, quando acontece, é uma representação da ideia: vemos corpos e pessoas que falam e os vemos se debaterem com a questão da sua proveniência e daquilo de que eles são capazes. O que o teatro mostra é a tensão entre a transcendência e a imanência da ideia. É o único tema do teatro. Quando, no *Le Cid* de Corneille, Rodrigo está tomado pela ideia transcendente da honra, o essencial é que ele se persuade e persuade os outros de que não pode evitar isso, de que ele é capaz de não evitar isso, ainda que, em imanência, seu único desejo, seu único amor verdadeiro, seja Ximena, que, sendo filha daquele que Rodrigo deve matar para salvar em si mesmo sua ideia da honra, não poderá deixar de romper com ele. Dizemos, frequentemente, que aí se tem uma contradição entre a glória e o amor. Mas, na realidade, o que o teatro faz é, justamente, que não haja nisso uma contradição, porque, em Rodrigo, o amor por Ximena tem a mesma têmpera subjetiva que a submissão à ideia da honra. Simplesmente, a mediação imanente da ideia transcendente é constituída pela renúncia, não ao amor, mas à proximidade de seus efeitos. A prova de que o amor é o meio imanente onde se encarna a ideia transcendente da honra é que se Rodrigo não seguisse essa ideia, ele, aos olhos da própria Ximena, se desonraria e ela não poderia mais amá-lo.

Por que o cinema seria, como o senhor diz, o fantasma da ideia, enquanto o teatro a encontraria fisicamente? O cinema não seria uma imagem-movimento, mas também uma ideia em movimento ou um movimento de ideias?

O cinema é a exploração não da ideia, em sua tensão entre transcendência e imanência, mas de sua *visitação*: ela esteve ali, foi depositada como uma marca na imagem, mas não se encontra mais na atividade da discussão entre transcendência e imanência. Ela traz a marca dessa discussão possível, sempre com algo de melancólico: o cinema é uma arte melancólica porque é uma arte da marca da ideia e não sua apresentação corporal. Por que isso? Porque a imagem, pela falta de um corpo vivo, de uma presença e do laço que essa presença estabelece com um texto imemorial, não pode suscitar, ou ressuscitar, a tensão entre a transcendência da ideia e sua ação imanente em uma subjetividade contingente. Ela pode dispor de marcas-imagens dessa tensão. Mas sempre existe algo de fugidio e de incompleto nessas marcas. Sentimos, vendo as imagens, que a ideia ainda *poderia* estar lá, que sua passagem furtiva foi registrada, mas que, finalmente, não; ela desapareceu no acaso de suas marcas. Seria muito interessante confrontar, em detalhes, uma representação teatral do *Édipo rei* de Sófocles e o filme *Édipo rei* de Pasolini. Em um certo sentido, a ideia é a mesma, ou seja, as paixões elementares e secretas, enraizadas em um passado obscuro, podem pôr em desordem as aparências solenes do poder e do heroísmo. Ou, ainda, que os avatares familiares (o pai, a mãe, o filho...) constituem não uma parte do conjunto social, como quando se diz que a família é a "célula de base" de toda sociedade, mas um temível poder que deve, para ser compatível com o consenso social, dissimular sua própria origem. Entretanto, no teatro tudo vai se apoiar no sofrimento visível dos protagonistas, na tensão que a declamação teatral carrega – ou fracassa em carregar – a partir do texto de Sófocles. O poder do drama familiar é imediatamente atestado – ou não é, se a representação fracassar, o que frequentemente acontece – pela interpretação tal como ela é recebida imediatamente pelo público, recepção que é como a garantia coletiva de uma imanência da ideia. Pasolini segue, grosso modo, a intriga teatral, mas ele está restrito à imagem, no sentido de que uma vez jogada, a partida está eternamente encerrada, inscrita na matéria – ou no número – da reprodução técnica. Eis a razão pela qual uma espécie de ornamentação, que no teatro seria quase um estorvo, é inevitável no cinema, para que a imagem deixe marcado isso que lhe aconteceu e que se torna, a partir de então, imóvel. É essa esplêndida imobilidade que carrega a visitação da ideia. Em Pasolini, ela assume a forma de uma dupla transposição: na beleza singular do mundo arábico-muçulmano (o filme foi rodado no Marrocos) e no fato de que o drama antigo é "duplicado" por um drama familiar contemporâneo. Essa decoração é, de certa forma, o que *fixa as marcas da ideia*, para que elas sejam daí por diante reconhecíveis sem, no entanto, serem carregadas pelo caráter aleatório de uma apresentação cênica sempre imprevisível. No cinema, é preciso vencer o acaso imagem por imagem, até seu completo desaparecimento, para que a visitação da ideia seja melancolicamente concebida para quem a assiste. No teatro, o acaso é, pelo contrário, necessário para assegurar que o público compartilhe em imanência a transcendência textual da ideia.

Nietzsche fez da dança um adversário do espírito de exagero que afeta as artes e, também, um antídoto contra o descomedimento filosófico. O que o senhor quer dizer exatamente quando afirma que a dança é a "metáfora do pensamento"?

A dança é a representação daquilo que o corpo é capaz sem a menção da ideia. A dança por si mesma basta enquanto alegoria da imanência, celebração pura dos recursos do corpo.

Como o teatro se encontra entre o cinema e a dança, como negocia com os dois, ele é a mais completa das artes. Mallarmé é um poeta e está convencido de que apenas a poesia pode criar uma cerimônia moderna. Entretanto, ele diz que o teatro é uma "arte superior", e nós sabemos que seu famoso "Livro" era destinado de fato a uma espécie de teatro cívico. Mallarmé, falando de sua superioridade, quer apenas dizer que o teatro é a mais completa das artes porque trata a imanência e a transcendência *no imediato*. O teatro está necessariamente na forma de um acontecimento: ele acontece e passa. O ter-lugar improvável do teatro, que é, ao mesmo tempo, irredutível a uma festa dos corpos, é precisamente sua grandeza, sua completude. É somente no ter-lugar que se pode realmente perceber qual é a relação entre a imanência e a transcendência do ponto de vista da ideia. Nesse sentido, o teatro é o lugar da aparência viva da ideia.

O teatro, na sua opinião, se propõe a nos orientar em nossas vidas e em nossos pensamentos, a nos abrir um caminho no mundo contemporâneo. O senhor escreveu: "Como uma vida é possível, quem consegue dobrar os corpos à alegre disciplina inventiva de algumas ideias?". Em qual sentido o teatro continua sendo um meio de nos orientar na confusão dos tempos?

Nós estamos, na minha opinião, em uma época particularmente confusa. O primeiro aspecto dessa confusão é puramente negativo: é o sentimento de que a ideia, de modo geral, está ausente, que ela está em falta. Foi mais ou menos dessa maneira que o tema da morte de Deus foi interpretado. Essa ideia de um desaparecimento da ideia foi, durante um tempo, contrariada pelos ideais políticos do século xx e reapareceu na medida em que o balanço desses ideais se atolou na negação, no sentimento não apenas de que a ideia está ausente, mas, sobretudo, de que se pode passar muito bem sem ela. Essa confusão contemporânea é a de um niilismo profundo, que não apenas declara que as ideias desapareceram, mas acrescenta que se pode muito bem conviver com essa ausência vivendo em um imediato puro que não toca, de maneira alguma, no problema de uma reconciliação entre imanência e transcendência.

A segunda forma de confusão consiste em se tomar como ideia o que é apenas a projeção das figuras do interesse, em viver nossos interesses (nossos apetites, nossas satisfações...) como se fossem ideias. É uma confusão muito grave:

isso conduz a existências mergulhadas em uma desorganização profunda, porque o que caracteriza os interesses é que eles sejam, ao mesmo tempo, totalmente contraditórios (é a famosa "concorrência" dos liberais) e ilimitados (é o tema da constante "novidade" do mundo moderno). A única realização aparente dessa confusão é a de se agarrar à circulação das mercadorias como alguém que se agarra a um trem que passa.

Uma das missões fundamentais do teatro em um período de confusão é, primeiramente, mostrar a confusão *como confusão*. Quero dizer com isso que o teatro estiliza e amplifica, até produzir a evidência disso, o fato de que um mundo confuso é intolerável para os sujeitos que o compõem, mesmo e, sobretudo, quando eles acreditam que a confusão não passa de uma condição normal da vida. O teatro faz surgir em cena a alienação de quem não vê que é a lei do próprio mundo que o faz se perder, e não o azar ou a incapacidade pessoal – Tchekhov, Ibsen ou Eugene O'Neill são grandes mestres no que diz respeito a isso; depois, no interior dessa "amostragem" da confusão, o teatro tenta fazer emergir uma possibilidade inédita. E, nisso, podemos dizer que Claudel, Brecht ou Pirandello são exemplares. Essa emergência da possibilidade não é obrigatoriamente ideológica ou abstrata: ela surge da própria subjetividade, de seu mergulho na confusão. O teatro vai ensinar sua própria confusão aos espectadores, fazendo-os, enfim, reconhecerem *a confusão da confusão*, mostrando-lhes que a confusão é realmente confusa e fazendo despontar do interior dessa confusão uma possibilidade interna despercebida na confusão ordinária. Mesmo no pretenso desespero de Beckett existe o clarear de uma possibilidade inusitada. Esse teatro mostra que a situação é certamente desesperadora, mas que um Sujeito pode fazer que nela prevaleça a sua própria lei luminosa. Quando uma mulher semienterrada, cujo marido impotente rasteja atrás dela sem nunca lhe dirigir a palavra, diz: "Como esse dia foi bom!", é preciso levar o que ela diz ao pé da letra, e de maneira alguma como uma confusão derrisória.

Na sua opinião, quais são as peças mais esclarecedoras e que nos reorientam na confusão dos tempos?

Eu citei alguns nomes gloriosos. Mas se nos ativermos a tempos mais próximos, eu gostaria de mencionar *Na solidão dos campos de algodão*, de Bernard-Marie Koltès. Essa peça confronta um traficante e um cliente sem que se saiba qual é o produto vendido, talvez droga, talvez outra coisa. Trata-se de uma teatralidade pura que opõe quem oferece a quem procura. Será que o que é oferecido corresponde realmente ao que é procurado? Trata-se de um jogo teatral sobre a confusão, a do mundo contemporâneo, entre aquilo que se procura e o que esse mundo oferece. O mundo nos oferece uma gama infinita de mercadorias e se apresenta como capaz, dessa maneira, de atender a toda demanda. O traficante se encontra na posição de dizer "Peça qualquer coisa porque eu, certamente, tenho na minha sacola o que atende o seu pedido"; e o cliente hesita em explicitar o que ele quer, porque tem a impressão de que está sendo obrigado a formular esse pedido de modo que ele corresponda à mercadoria que o traficante pode e quer oferecer.

A peça se desdobra em uma dialética muito astuciosa e traz à tona o fato de que a única maneira aguda de abrir nossa subjetividade a uma metamorfose positiva é não confundir desejo e demanda, não confundir o ponto da verdadeira subjetividade que está em jogo na demanda – o verdadeiro desejo – com a evidência do consumo de produtos disponíveis no mercado, produtos que sempre podemos, muito facilmente, pedir que alguém nos dê... em troca de dinheiro. A grande tese de Koltès é a de que não se deve ceder de seu desejo e que a principal ameaça exercida sobre o desejo é a demanda. É teatralmente esplêndido: a relação teatral entre o traficante e o cliente é a metáfora de alguma coisa essencial no mundo contemporâneo.

Mas se o teatro é um pensamento, como evitar a dissolução da arte na ideia? Se o teatro é, como arte, segundo Hegel, apenas uma forma sensível dada à ideia, o que é que ainda diferencia o teatro da filosofia?

Podemos de fato notar que, neste exato momento em que eu filosofo lhe explicando a peça de Koltès, estou fazendo uma coisa completamente diversa e produzindo efeitos muito diferentes daquilo que uma representação teatral faz e produz. Quando alguém assiste *Na solidão dos campos de algodão* (que é, diga-se de passagem, uma espécie de jogo de palavras provocador com um título de Brecht, que está em *Na selva das cidades*), não está ocupado em representar mentalmente o que eu acabo de explicar. Ele se identifica ou se separa emotivamente das personagens que estão atuando no palco. Não é, absolutamente, filosofia, no sentido didático do termo, mas toda filosofia é didática. Trata-se de um caminho completamente diferente para o pensamento, que, no teatro, se constitui a partir daquilo que se vê e daquilo que se ouve, no imediato sensível do espetáculo, sempre tecido de contradições não resolvidas. A filosofia pode, em seguida, apreender isso tudo e explicar com finalidades que são suas (a minha, aqui, é a de trabalhar por uma reconciliação fundamental do teatro com a filosofia). O teatro não dá explicações, ele mostra! Ele mostra a esquiva, a dialética das posições, o jogo das necessidades, o final incerto e, também, a nova possibilidade, a escolha – a questão da decisão ou da escolha é particularmente teatral –, de modo que se possa estar convencido de que se pensou por si mesmo. Não existe imposição de uma norma, no teatro; não existe argumentação. O que se encontra é uma combinação sutil de identificações imaginárias e reticências simbólicas que vão fazer que se saia de lá – se o teatro realmente aconteceu no palco – um pouco pensativo, se perguntando o que compreendeu, voltando às peripécias, às personagens, às escolhas... O teatro especula sobre o fato de que se produz ali, para além da contemplação passiva, da admiração ou da reprovação, uma modificação subjetiva ativa, embora muitas vezes despercebida. O teatro é uma operação de transferência, agindo, a partir do poder da interpretação, em direção ao espectador; nesse sentido, ele não pode ser reduzido a um ensinamento discursivo. O teatro é rival da dialética filosófica porque ele não vai ensiná-la, mas representá-la, mostrá-la, fazer que sejam percebidas suas facetas reais.

IV.
Cenas políticas

Na sua opinião, o teatro pensa no espaço aberto entre a vida e a morte, o nó do desejo e da política, e ele pensa sob a forma de acontecimento, ou seja, sob a forma de intriga ou catástrofe. Que relação o teatro mantém com a política? E quais são as condições de possibilidade de um teatro político?

O teatro é uma arte que reúne as pessoas e talvez as divida ou as unifique: é uma arte do coletivo. Existe uma teatralidade política, ou uma política da teatralidade, que se combina em torno dessa figura do agrupamento. No fim das contas, muitos políticos de nossas sociedades praticam essa teatralidade de modo consciente quando se dirigem às multidões. Temos o registro grave, semitrágico, de certa maneira um tanto corneliano, de um De Gaulle[39] convidando a nação a existir em um esforço sublime. Temos o registro

---

39. Charles de Gaulle, general, político e estadista francês, 18° presidente da França (22 de novembro de 1890 – 9 de novembro de 1970). (N. T.)

fleumático e astucioso de Mitterrand[40] buscando um ponto fraco para alfinetar ou se protegendo como um porco-espinho, o que me lembra os traidores e hipócritas das óperas italianas. E temos o estilo agitado, o aspecto "tudo é feito correndo", as complicações sentimentais de Sarkozy[41], diretamente oriundas dos vaudevilles de Feydeau. A teatralidade da política é uma evidência: existe, portanto, um laço orgânico entre o teatro e a política, ainda mais forte pelo fato de que o teatro é uma instituição pública e de que o Estado sempre se intromete na situação do teatro.

É verdade, mas não existiria um teatro especificamente político, principalmente oriundo do teatro grego e das tentativas de Bertolt Brecht?

Eu disse, há pouco, minhas razões para não gostar nem um pouco da expressão "teatro político". O que não me impede de dizer também que a política seja um material de primeira classe para o teatro. Forçando um pouco as coisas, poderíamos dizer que o teatro, singularmente o teatro trágico ou épico, durante muito tempo teve apenas dois temas: a política e o amor — e até mesmo, mais precisamente, as dificuldades que o amor introduz na política. Corneille e Racine só se interessam

---

40. François Mitterrand, político francês, 21° presidente da França (26 de outubro de 1916 – 8 de janeiro de 1996). (N. T.)

41. Nicolas Sarkozy, político francês, 23° presidente da França, nasceu em 28 de janeiro de 1955. (N. T.)

por isso: como um monarca – Tito, por exemplo – vai se safar se a paixão amorosa o acorrenta ao desejo por uma mulher, Berenice, que, do ponto de vista das obrigações do Estado, não pode de maneira alguma se tornar sua companheira pública? Além disso, como eu já disse, existem relações orgânicas entre o teatro e o Estado. E, por fim, existem peças claramente estruturadas por uma escolha política. Temos, em uma extremidade, Aristófanes, autor de muitas comédias que apoiam em Atenas o campo da paz na guerra contra Esparta, cobrindo de insultos obscenos os políticos belicistas. E temos, na outra extremidade, o sutil trabalho de Brecht visando que a didática teatral induza, finalmente, a ideia de que a escolha política comunista é a melhor. Será que tudo isso basta para constituir uma categoria geral do "teatro político"? Eu continuo afirmando aqui que não acredito nisso. Penso que o teatro tem por missão apoderar-se da figura humana em sua dimensão genérica e completa, incluindo certamente as configurações políticas, mas nunca se reduzindo a isso. Corneille, Aristófanes, Brecht ou Sartre apresentam o jogo das decisões políticas, mas, fazendo isso, eles não criam um gênero particular do teatro. Os gêneros, como em todas as artes, dizem respeito à forma. Pode-se falar de comédia, de tragédia, de teatro épico, de drama romântico, de vaudeville, de teatro naturalista ou simbolista, e até mesmo de teatro sem teatro: tudo isso esclarece algumas escolhas artísticas. Mas eu realmente não consigo ver o que possa vir a ser um "teatro político", ainda que minha própria produção teatral pareça, para alguns, pertencer a essa categoria.

Por um lado, existe a ideia generalizada no mundo do espetáculo de que bastaria subir em um palco para se realizar um ato intrinsecamente político. Por outro lado, assiste-se, às vezes, a um teatro da denúncia ou da exposição – especialmente da miséria social – que reduz a arte à simples ideia e a representação à contestação. Não se trataria de impasses maiores de uma certa relação política com o teatro?

Mas por que nossa relação com o teatro deveria absolutamente ser "política"? Seria preciso interrogar, com urgência, nossa consciência de classe com relação aos espelhos subjetivos de Pirandello, reduzir Tchekhov a uma presciência desiludida da chegada da Revolução de Outubro de 1917 ou ver, nos sutis duelos concernentes à declaração de amor que são todo o encanto de Marivaux, apenas um simples decalque dos costumes desgastados da aristocracia? Por favor! Eu disse e repito: a política – mas, na verdade, sobretudo o problema do poder do Estado, do qual será muito necessário que a política se liberte um dia – é um material fundamental do teatro. Isso não significa que o teatro seja por si mesmo, necessariamente, um ato político. O teatro pertence, em meu jargão, ao procedimento de verdade artística, distinto em sua própria essência do procedimento político, e, antes mesmo de se pronunciar, em uma determinada conjuntura, sobre os possíveis laços entre esses dois procedimentos, é preciso afirmar sua diferença. De resto, a história do teatro, de seus momentos fortes, de seus picos de criação, não coincide de maneira alguma com a história das políticas. O apogeu do teatro na França, entre Richelieu e Luís XIV, é coextensivo à construção do absolutismo, o qual elimina praticamente qualquer política livre. Inversamente, a Revolução Francesa não deu quase nada ao teatro, a não ser uma peça romântica alemã, *A morte de Danton* de Büchner[42]... Podemos encontrar também, evidentemente, superposições: em Meyerhold[43] ou em Brecht. Finalmente, não existe nenhuma lei geral das relações entre a política e o teatro. O que existe é a permanência de um interesse dos Estados pelo teatro, assumindo, muitas vezes, a forma de uma vigilância, pura e simplesmente porque nele as pessoas se agrupam para ouvir alguns temas e discussões, talvez, sem controle.

Em Rhapsodie pour le théâtre [Rapsódia para o teatro], *o senhor diz que se fala sem problema de teatro público ou nacional, mas que não vem à cabeça de ninguém de falar de cinema nacional. Por quais razões?*

É porque o teatro, como acabei de lembrar ainda há pouco e isso, particularmente, na França, depende do incentivo, da promoção e dos financiamentos de diferentes instâncias do Estado – e isso não é uma novidade! Hoje, isso assume a

---

42. Karl Georg Büchner, escritor, dramaturgo, revolucionário, médico e cientista alemão (17 de outubro de 1813 – 19 fevereiro de 1837). (N. T.)

43. Vsevolod Emilevitch Meyerhold (pseudônimo de Karl Kasimir Theodor Meyerhold), dramaturgo e diretor russo (9 de fevereiro de 1874 – 2 de fevereiro de 1940). (N. T.)

forma de um pedido de financiamento ao novo governo ou à nova municipalidade, por exemplo, mas na Grécia antiga, como eu já disse, o teatro era direta e obrigatoriamente sustentado financeiramente por alguns cidadãos ricos; Luís XIV dava pensões diretamente aos dramaturgos; Racine e Molière eram homens de corte; Napoleão fez um decreto sobre a Comédie--Française em Moscou, que estava sendo ocupada por suas tropas... Esse laço entre teatro e poder, que foi erroneamente confundido com um laço intelectual entre teatro e política, não é ideológico ou subjetivo; ele é objetivo, orgânico. Certamente, sempre existiram algumas tentativas de se escapar disso, por exemplo, criando-se um teatro independente, um teatro subvencionado por seus espectadores, mas isso permanece enquadrado pelas disposições do poder diante do teatro. No fim das contas, o teatro é uma instituição próxima, de certa forma, do ministério da Educação. Além disso, veja a conexão vital entre os dois, os bandos de estudantes do colégio que invadem as salas de nossas cidades...

E, no entanto, o senhor milita para tornar o teatro obrigatório. Seria uma ideia fixa?

Claro! Assim como a instrução pública se tornou obrigatória! Eu até proponho, em *Rhapsodie pour le théâtre*, todo um dispositivo para obrigar as pessoas a irem ao teatro, usando, como se deve, uma mistura graduada de recompensas e de punições. Por exemplo, aqueles que fossem devidamente ao teatro pagariam menos impostos. Estou brincando, obviamente, mas defendo, na verdade, o princípio de uma – leve – obrigação. Apoio-me em uma experiência concreta que realmente me interessou. Aconteceu, muitas vezes, de eu levar ao teatro pessoas que nunca iam, especialmente operários de origem estrangeira ou jovens sem escolaridade. Eles ficaram fascinados pelo teatro: eram, portanto, espectadores ideais, para quem tudo o que eles viam no palco tinha o poder do real. Eles saíam de lá achando aquilo extraordinário. Mas, retornando à sua vida normal, nunca mais voltavam ao teatro. Por quê? Porque, para além de sua alegria, eles conservavam o sentimento de que aquilo não era para eles. Existe nisso um elemento de discriminação social interiorizada, uma espécie de consentimento forçado de que uma evidente maravilha seja proibida para eles. Na realidade, sem essa censura secreta, o público do teatro poderia ser quase todo mundo, eu tenho certeza disso.

V.
O lugar do espectador

Que tipo de espectador o senhor é? Irascível ou indulgente? Que lugar o senhor atribui ao espectador? O do observador que faz o quadro – como diz Marcel Duchamp em relação à arte plástica – ou seja, o de uma testemunha ou de um ator que recompõe a peça segundo seus afetos e percepções?

No início, eu sou um espectador calmo e que procura não fazer nenhum prejulgamento. Afinal, ir ao teatro é, no mínimo, dar uma oportunidade ao que vai acontecer; senão, por que ir? Mas meu humor, com frequência, muda rapidamente por uma razão que, apesar de todos os meus esforços, permanece obscura para mim: quase sempre eu adivinho, desde os primeiros instantes da representação, se ela pertence ao que, a meu ver, é o verdadeiro teatro ou se, pelo contrário, ela integra aquilo que, em meu ensaio *Rhapsodie pour le théâtre*, eu chamo de "teatro", entre aspas, ou seja, algo que pertence ao divertimento no sentido em que falamos ainda há pouco, ou um fracasso pretensioso, uma impostura, ou ainda a execução, sem nenhuma ideia nova, que copia uma tradição morta de um clássico qualquer. O que é estranho é a rapidez com a qual essa convicção se instala em mim e o fato de que ela seja muito raramente desmentida pelo que se segue. Como se o teatro se estabelecesse visivelmente nos primeiros minutos da representação, e sua ausência atestasse, com a mesma rapidez, que nós estamos na presença do "teatro". Nesse caso eu começo a me aborrecer, a ficar impaciente. Então, quase sempre, sem alvoroço, porque eu nunca quero atrapalhar os atores que estão trabalhando, desapareço. No fundo, o espectador que eu sou é muito rapidamente convocado a decidir se uma representação particular é teatro ou "teatro", a ficar ou a ir embora. Se eu fico, se houver sido convocado ao verdadeiro teatro, sou o mais vivo e o mais convicto dos espectadores.

Que gênero de ator o senhor aprecia? Em que sentido a interpretação é uma matéria para ser pensada?

A interpretação do ator compõe o centro de gravidade do teatro, seu último real. Apesar de necessários e, muitas vezes, extremamente sedutores, os outros ingredientes do teatro (cenário, figurino, iluminação...) continuam sendo parte de algo exterior à sua essência, razão pela qual pode haver um grandioso teatro sobre três tábuas mal iluminadas, com atores vestidos como eu ou você, na frente de um lençol pregado na parede do fundo, o que por si só prova que a interpretação é um pensamento que se pode dizer material, um pensamento que se deixa ver pelo simples laço entre voz e corpo. Se essa visibilidade acontecer, o ator tem meu assentimento, quaisquer que possam ser seus meios. Entretanto, acho que prefiro o ator discreto, o ator que permanece dentro do que ele poderia fazer, o ator que faz justiça às possibilidades da interpretação mais do que à sua execução integral. O ator no condicional, que se dirige a mim para mostrar o que a personagem poderia fazer, bem mais ainda do que aquilo que ele faz. O ator cuja aparência indica firmemente, mas com a máxima economia, o que está encerrado na interioridade, sempre invisível, daquele sobre o qual a interpretação nos fala. O ator, em suma, que, quase imóvel, com uma voz neutra e às vezes murmurada, faz que eu me comunique com o inconsciente da personagem. O ator que diz sem dizer o não dito, o segredo de toda subjetividade real.

Seria possível imaginar um teatro sem atores presentes no palco?

A possibilidade de espetáculos de teatro sem atores está aberta para mim. Na verdade, é possível hoje montar um espetáculo que seja teatral pelo fato de que ele cria no palco uma dialética, não entre atores, mas entre recursos diferentes. Veremos no palco máquinas-atores que permitem a dialética teatral pela pluralidade dos recursos (telefone fixo, celular, televisão, computador...). A possibilidade de mecanizar uma parte da questão do ator parece-me aberta, levando em consideração que o que se deve conservar é a presença cênica efetiva: a dialética dos recursos sonoros *acontece* diante de um público reunido. Senão, não é mais teatro.

"Representa-se" no teatro, "representa-se" uma peça. O teatro seria uma arte da infância[44]?

Na minha opinião, é certo que toda arte é investida pelas potências recalcadas de uma infância. Nesse ponto eu sou freudiano: a criação artística é o exemplo mais perfeito daquilo que é uma sublimação dos desejos inconscientes. Essa é a razão pela qual a grande arte pode ser, ao mesmo tempo, provocante, transgressiva e universal. A subjetividade humana reconhece nela a força irresistível das marcas ocultas de desejos que a diversidade dos costumes e das tradições repressivas não impede que sejam constitutivos de qualquer Sujeito. Ele sente nesse reconhecimento uma perturbação suspeita e, ao mesmo tempo, uma admiração racional. É essa mistura que nós chamamos de sentimento do Belo. O teatro leva esse processo a seu apogeu porque ele nos apresenta o conflito dos arquétipos entre os quais atua o movimento dos

---

44. Existe aqui um trocadilho com as diferentes acepções da palavra francesa *jouer*, que em português pode significar "representar no teatro, tocar um instrumento musical", mas também "brincar". (N. T.)

desejos: o Pai, a Mãe, o Rei, o Bufão, a Apaixonada, o Assassino, o Dissimulado, a Ambiciosa, o Mentiroso, a Vaidosa, o Enganado, o Medroso... Seja ele cômico ou trágico, o teatro apresenta o jogo das paixões. Ele mergulha, portanto, muito profundamente nas estruturas relacionais que moldam o inconsciente. Puxado para cima pelas formas mais sofisticadas do debate de ideias, o teatro organiza a energia que vem de baixo, do pântano das pulsões, de todo o real subjetivo ainda não simbolizado.

Todos os gêneros são equivalentes, a tragédia como a comédia, a farsa como o drama, o teatro de bulevar como o teatro de marionetes?

A resposta é sim, sem hesitação, se entendermos por "equivalência" a capacidade de entrar no domínio da autêntica criação artística. Todas as artes, diga-se de passagem, desdobram-se em gêneros distintos: na pintura, o retrato não é a grande cena histórica; na música, a sinfonia não é o quarteto de cordas; na poesia, o soneto não é a epopeia; no cinema, o faroeste não é uma comédia burlesca... Vamos dizer que o teatro, a partir do momento em que consegue realizar essa circulação de cima para baixo da qual acabei de falar, em que assegura o efeito e a meditação disso entre os espectadores, ele consegue existir, seja qual for o seu gênero.

Na sua opinião, o que é o mau teatro, o "teatro" do qual o senhor falava ainda há pouco?

Eu o defino em *Rhapsodie pour le théâtre*. Permita-me citar a mim mesmo: "O mau teatro é o teatro que é descendente da missa, com seus papéis estabelecidos e substanciais, suas diferenças naturais, suas repetições e acontecimentos falsificados. Nele provamos, nele engolimos o virgem, a histérica que está envelhecendo, o ator trágico de voz sonora, a atriz especialista em deplorações, a apaixonada fremente, o jovem poético, assim como engolimos, representado pela hóstia, Deus. Saímos dele em conformidade com as disposições estabelecidas e obtemos a salvação a baixo custo. O verdadeiro teatro faz de cada representação, de cada gesto do ator, uma vacilação genérica, para que nele sejam arriscadas as diferenças sem nenhuma base de apoio".

Como se vê, o mau teatro é uma coleção de identidades estabelecidas, que se trata de reproduzir, com as ideias convencionais e opiniões convenientes que as acompanham.

Esse teatro, que eu chamo, portanto, como já disse, "teatro", entre aspas, existe e sempre continuará existindo. O mau teatro é invencível. Mas também é verdade que nenhum dos triunfos do mau teatro pode suplantar o verdadeiro teatro.

O senhor defende a manutenção do intervalo: seria porque suprimir o intervalo é, no seu modo de ver, um ato cinematográfico?

Exatamente. O intervalo é o momento em que se tiram as primeiras conclusões sobre a nossa existência subjetiva no espetáculo. O cinema desenrola o fio do tempo implacavelmente porque ele existe implacavelmente. O teatro existe na precariedade da representação, e o intervalo é o símbolo disso. É uma pontuação. O teatro não é algo que deva ir mecanicamente até o fim daquilo que ele é; ele pode fazer uma pausa em um determinado momento. É o que eu chamo de impureza do teatro, que é também uma característica da filosofia. Do mesmo modo que a língua filosófica se desdobra no intervalo entre a língua formal das matemáticas e a língua profunda do poema, fazendo desde Platão um grande uso das duas, o teatro, desde Ésquilo, é composto de materiais extremamente disparatados. O intervalo significa ess impureza para o público e lhe oferece também a liberdade de se esquivar.

O senhor escreveu: "Quebraríamos nossa poltrona de raiva ou de ódio e sairíamos correndo para a rua para nos consolar de tantos tormentos e esforços". O teatro pode, às vezes, provocar uma forma de exasperação. Não haveria nada pior do que assistir ao espetáculo de uma peça fracassada?

Quando o teatro fracassa, é terrível! Não se pode querer que o teatro tenha efeitos singulares sem que existam alguns reveses: uma bomba cinematográfica não é tão terrível, mas um espetáculo teatral fracassado, que não produz outro efeito além do tédio e, às vezes, a aversão, é insuportável! É tão insuportável quando fracassa quanto é extraordinário quando bem-sucedido...

O que é uma felicidade teatral? E que futuro podemos imaginar para o teatro?

Aquilo que nós devemos amar e sustentar é um teatro completo, que manifeste na interpretação, na clareza frágil do palco, uma proposição sobre o sentido da existência, individual e coletiva, no mundo contemporâneo. O teatro deve nos orientar, através dos meios da adesão imaginária que ele suscita e de sua incomparável força quando se trata de esclarecer os nós obscuros, as armadilhas secretas onde não paramos de nos extraviar e de perder tempo, de perder nosso próprio tempo.

Mas, no final, é preciso voltar a essa espécie de milagre: existem alguns corpos, em alguma parte, em cima de um tablado, com uma fraca iluminação. Eles falam. E, então, como para Mallarmé, da palavra "flor" poeticamente pronunciada, simplesmente, surge, eterna, "a ausente de todo buquê"; e vem àqueles que assistem um pensamento novo sobre tudo aquilo que eles não sabiam que podiam fazer e que, no entanto, tinham secretamente o desejo de fazê-lo.

1ª edição abril de 2016 | **Fonte** Palatino (TT)
Papel Off set 90 g/m² | **Impressão e acabamento** Imprensa da Fé